AF295497

Käsikirjoitus Niina Haapala / Kuvat pixabay

Härskejä sketsejä

Ja vähän muuta...

Seksi

Puutteita parisuhteessa

Olli oli seurustellut Jaanan kanssa useita kuukausia ja tunsi itsensä turhautuneeksi parisuhteeseensa. Lopulta hän päätti varata ajan parisuhdeterapeutille.

Terapeutti kysyi Ollilta:

- Mikä sinua vaivaa?

Olli vastasi siihen:

- Olen vain niin turhautunut parisuhteeseeni, koska yleensä parisuhteessa on puutteita seksissä ja joutuu ostamaan sitä ulkopuolelta. Minulla asia taas on toisin: Seksiä on tarjolla enemmän kuin jaksan antamaan ja kaikesta muusta on puutetta.

Seksiä pitkästä aikaa

Antero istui työkaverinsa kanssa kahvitauolla useiden työtuntien jälkeen.

Hetken hiljaisuuden jälkeen Antero kysy lopulta Timolta:

- Miten sinä näytät niin onnelliselta?

- Sen takia, että olen saanut seksiä pitkästä aikaa, vastasi Timo.

Miehen rooli nykypäivänä

Yrjö oli viettämässä parhaiden ystäviensä kanssa saunailtaa, ihan kuin aina ennenkin lauantaisin.

Muutamien minuuttien istumisten ja löylyheittojen jälkeen Yrjö sanoi:

- Ei tarvitse mennä kauaskaan ajassa taaksepäin, kun naisen tarkoitus oli vain kantaa lasta. Nykypäivänä sitä itse tuntee, ettei itsellä ole mitään muuta merkitystä kuin tehdä lapsia.

Kassit täynnä rahaa

Noora istui muutaman päivän lukemassa Kelan sivustoilla lapsesta olevia etuuksia.

Lopulta Noora innostui kyseisistä asioista niin, että päätti soittaa parhaan kaverinsa Veeran kylään luokseen.

Lopulta Veera saapui ja he menivät keittiöön.

Noora sanoi:

- On se vaan niin jännä, kun ajattelee. Biologian tunnilla opetetaan, että miesten kassit on täynnä siittiöitä. Tänään tulin ihan toisiin ajatuksiin katsoessani yksinhuoltajuustukia ja ajattelin, että ne ovatkin enemmänkin täynnä rahaa.

Liian halukkaalla päällä

Anna seisoi parhaan kaverinsa kanssa seksikaupan ikkunan ääressä ja sanoi parhaalle ystävälleen Jaakolle:

- Jos minun pitäisi kuvailla, kuinka paljon tällä hetkellä panettaa, niin vastaus olisi, että niin paljon, että voisin kantaa vaikka lasta 9 kuukautta sitä vastaan. Sen perusteella voit arvata vain kuinka paljon.

Seksistä puutetta

Aino istui parhaan yskävänsä Lassen kanssa
viettämässä yhteistä vuosipäivää ihan niin
kuin aiemminkin viimeisen 20 vuoden aikana.
Lopulta pitkän hiljaisuuden jälkeen Aino kysyi
Lasselta:

- Miksi näytät niin mietteliäältä?

- Sen takia, että ensimmäisenä sinua
katsoessa on mielessä seksi, toisenakin on
mielessä seksi ja kolmantenakin vielä seksi.

- Mistä moinen? Aino kysyi.

- Varmaanki siitä, kun viime kerrasta on
kerennyt vierähtää jo peräti 20 vuotta ja sinua
katsoessa se varsinkin korostuu, vastasi
Lasse.

Erikoinen seksikokemus

Ella istui kertomassa paikallisessa kahvilassa parhaalle ystävälleen Leenalle edellispäivän seksikokemuksesta.

- On sekin! Sanotaan, että siittiöt ovat niin pieniä, että ne erottaa vain stetoskoopilla! Minusta taas tuntui eilen suihinotossa siltä, kuin ne olisivat minikuulapyssyn panoksia!

Ihannepoikaystävät

Ritva, Lea ja Eija istuivat keskustelemassa
poikaystävistään.

- On se minun mies niin täydellinen! Se tekee
hyvää ruokaa, osaa korjata elektroniikkaa, on
korkeasti kouluttautunut ja
vakituisessatyösssä, sanoi Ritva.

- Minun mies on taas niin varakas, että saan
aina kaikki haluamani, tokaisi Lea.

- Ääh, eipä nuo kyllä mitään ihan tavallista.
Minun mies se taas on niin erilainen kuin
muut, vastasi Eija.

- Miten niin? kysyi Lea.

- Siksi, koska siltä löytyy housuista 20
senttinen, jota harvalta muulta löytyy, vastasi
Eija.

Yökerhossa

Janika istui parhaan ystävänsä Joonan kanssa yökerhossa hieman humalassa. Hetken hiljaisuuden jälkeen Janika kysyi Joonalta:

- Eikö kuulostakin niin tutulta: Jos ostat omistusosakkeen, voin maksaa lainan lyhennystä ja yhtiövastikkeesta puolet. Jos ostat omakotitalon, voin sisustaa sen? Minulla se taas olisi toista. Jos otat housut pois, voisin antaa sinulle sellaisen suuseksin, ettet ole koskaan saanut toista.

Erilaista seksiä

Matti vietti aikaa parhaan kaverinsa Samin kanssa Samin kotona ja keskusteli eilisestä yöstä.

- Stressaantuneen naisen kanssa se seksi tuntuu niin eriltä, Matti totesi.

- Miten niin? kysyi Sami.

- Siten, että normaalisti, kun sitä kaipaa seksiä jo muutaman minuutin päästä uusiksi, niin stressaantuneen naisen kanssa tuntuu, ettei vielä viikossakaan ole toipunut seuraavaan kertaan, vastasi Matti.

Pieni on kaunista

Venla tuli iloisena kotiin pitkän työpäivän jälkeen. Hän pinkaisi heti ovesta päästyään suoraan makuuhuoneeseen, ihan niin kuin aina ennenkin. Hän nimittäin tiesi puolisonsa odottavan häntä siellä.

Jussi kysyi Venlalta:

- Mistä se neidin jatkuva innostus seksiin liittyy?

- Todennäköisesti siitä, että sanotaan, että pieni on kaunista, totesi Venla.

Seksiä ilman nautintoa

Otto oli rehvastelemassa parhaimmalle ystävälleen Millalle edellisestä yöstä, jonka oli viettänyt paikallisessa yökerhossa.

- Oli se vain kiva saada seksiä useamman vuoden jälkeen, totesi Otto.

- Minusta se vaan on toisin, vastasi Milla.

- Kuinka niin? kysyi Otto.

- Minusta se on aina tuntunut liian isolta ja jos pitäisi sanoa milloin se olisi sopiva, niin jäädessä 12-vuotiaan tasolle. Itse en ainakaan ole tuntenut saavani nautintoa koskaan, totesi Milla.

Lomapäivän alku

Keijo istui parhaan ystävänsä Eeron kanssa paikallisessa kahvilassa keskustelemassa työasioista. Vitsikkäänä ja vähän turhautuneena kaikkeen Keijo totesi lopulta:

- Kyllä sitä välillä tuntuu siltä, näin kun on parisuhteessa työn ohessa, että keskellä viikkoa tulleet lomapäivät ovat saaneet alun todennäköisesti siitä, kun ennen nussittiin monta päivää putkeen.

- Kuinka se niin? kysyi Eero.

- No nyt tuntuu, näin viikon nussimisen jälkeen, että kikkeli on niin kipeä, että on pakko viettää yksi päivä lomaa keskellä viikkoa töistä, totesi Keijo.

Viagran tarve

Juuso istui kaverinsa Henrin luona tuttuun tapaan keskustelemassa seksistä.

- No kuinka paljon sillä sinun nykyisellä naisystävällä panettaa? kysyi Henri.

- Sen verran, että kahden tunnin jälkeen hänestä tuntuu siltä, ettei vieläkään loppuneet halut. Minun omiin tarpeisiin tarvisin taas Viagraa, mutta mistäpä sitä juuri siihen hätään saisi, vastasi Juuso.

Ehkäisyn valinta apteekilla

Linda istuu apteekissa keskustelemassa ehkäisystä parhaan ystävänsä Lauran kanssa.

Lopulta Linda totesi:

- En kyllä tiedä, minkä ehkäisyn sitä ottaisi, koska hormonikierukka tuntuu epämukavalta partnerista. Pitäisi olla erilainen ehkäisy, mutta minkälainen, kun e-pillerit lihottaa, laastari tuntuu epävarmalta, koska sen voi ottaa pois millon vain ja hormonikapseli näyttää epämukavalta.

- Jaahas, ei varmaan sitten mitään muuta, kun sterilisaatio, vastasi Laura.

- Itse asiassa neidin oma idea on ollut jo 23-vuotiaana sterilisaatio, mutta ei ole annettu lupaa. Siitä on jo melkein 10 vuotta, mutta en voisi vieläkään ajatella tekeväni lapsia, totesi Linda.

Kimppakivan alku

Mimmi istui parhaan ystävänsä Sonjan kanssa omassa huoneessaan.

Lopulta Mimmi sanoi:

- Panettaa suoraan sanoen niin paljon tällä hetkellä, että mulle ei ainakaan riittäisi tämän hetkiseen tarpeisiin yksi, vaan pitäisi olla useampi. Siitä saikin varmaan kimppakiva alun pornoleffoihin, sillä silloin näkyy varmaan isommat halut.

Klitoriksen kasvu

Eetu istui parhaan kaverinsa kanssa kahvilassa keskustelemassa.

- Tänään tulin usean vuoden nussimisen jälkeen nykyisen kanssa siihen tulokseen, että nussiminen aloitetaan klitorista lämmittelemällä.

- Millä perusteella? kysyi Niko.

- Sillä, että se on kuin suuren kiven vierittäisi syrjään aukon suulta konsanaan, vastasi Eetu.

- Miten niin? kysyi Niko.

- Siten, että reikä kasvaa oikean kokoiseksi eikä ole tiukka, vastasi Eetu.

Väärän kokoinen sukukalleus

Reino istuu toimistossa ja näprää tietokonetta. Lopulta hän toteaa sohvalla makaavalle Johannekselle:

- Vaikka kaikki siirtyykin nykyään nettiin; opinnot, urheilu ja työ, niin nussiminen on ainoa asia, joka pysyy aina samanlaisena.

- Kuinka niin? kysyy Johannes.

- Siten, että naista vaihtamalla tuntuu, ettei koskaan saa nautintoa niin kuin ajatuksissaan saa kuvan.

Jumppatreenit

Mari istui tietokoneen ääressä tuolilla ja totesi Minnalle:

- Seksi on niin jännää! Nimittäin ensin pyöritellään klitoriksen päällä niin kauan, että reikä on sopivan kokonen ja sen jälkeen annetaan olla sisällä niin kauan kunnes tarpeet loppuvat. Itse voi lisäksi tarvittaessa pukkia edes ja takaisin joko sivusta tai päältä tai alta.

- Nuo on niin kuin jumppatreenien ohjeet konsanaan, totesi Minna siihen.

- Miten niin? kysyi Mari.

- Siten, että eilen sattui treeneissä olemaan melkolailla samanlaiset ohjeet, vastasi Minna.

Nautinnollista seksiä

Reeta istui kaverinsa Milkan kanssa parvekkeella. Lopulta Reeta kysyi:

- Mikä sen pituuden merkitys sulle on, kun se on sulle niin hiton tärkeä aina kumppania valitsiessa?

- Tehdä pyykinpesukoneella istuessa nussiminen helpommaksi. Samoin ruokapöydällä ja atk-pöydällä maatessa, ei sillä sen kummempaa merkitystä ole, vastasi Milka.

Opiskelu ja työ

Työkokemusta

Jonna istui innokkaana tietokoneen ääressä esittämässä parhaalle ystävälleen Einille työhistoriaansa kuuden vuoden ajalta. Eini katsoi hänen cv:n innokkaana ja totesi:

- Mieletöntä, mikä määrä työkokemusta vähässä ajassa!

Hetken päästä ovikello soi ja Jonna meni avaamaan. Vieras oli Konsta. Konsta tuli Jonnan huoneeseen ja katsoi Jonnan cv:ä ja totesi:

- Ei näytä olevan työnsaanti tänä päivänäkään sen helpompaa kuin oman isäni aikaan 20 vuotta sitten.

Loppuunpalanut

Liisa istui parhaan kaverinsa Elinan huoneen sängyllä ja sanoi:

- En kyllä yhtään tiedä, miten minun pitäisi olla, kun lukion kursseja on hitosti vielä suorittamatta ja tunnen itseni loppuunpalaneeksi.

- Kuinka se niin? kysyi Elina.

- Siten, että viimeisen 12 vuoden aikana en ole tehnyt mitään muuta kuin töitä ja monesti tuntuu, että jopa kahden ihmisen verran, vastasi Liisa.

Heikko työllistyminen

Riina oli tympääntynyt siihen, ettei ollut saanut työsuhdetta useiden satojen työhakemuksien jälkeen. Hän oli kiertänyt myös kaikki kauppakeskukset läpi töitä etsien.

Hän päätti hakea lukioon opiskelijaksi, koska hänelle ei ollut tarjoutunut muuta opiskelupaikkaa peruskoulun jälkeen. Riinan paras ystävä Olavi sanoi Riinalle kuitenkin, että ei ne lukio-opinnot kannata, koska ne ei työllistä mihinkään, vaan sivistää vain. Riina päätti kuitenkin tuittupäisenä suorittaa opinnot ja valmistui lukiosta kahden vuoden jälkeen. Opintojen jälkeen Riina teki taas satoja työhakemuksia sekä kierteli ympäriinsä kysymässä töitä.

Vuoden päästä Riina palasi työhakemuksien jälkeen Olavin luo ja sanoi:

- Se oli ihan tosi, mitä sanoit. Lukio vain sivistää eikä työllistä mihinkään.

Halpahanttista työtä

Heli istui parhaan kaverinsa Pasin kanssa paikallisessa ravintolassa. He läärysivät niitä näitä. Yhtäkkiä Pasi kysyi Heliltä:

- Miksi näytät niin hermostuneelta?

- Sen takia, että palkkani sattuu olemaan tällä hetkellä saman verran kuin itselläsi on todennäköisesti ollut omassa nuoruudessasi. Parhaalla kaverillani se on sen verran kuin itselläsi on ollut omassa nuoruudessasi toiveena, ja lisäksi niin kuin tiedät, tänään on kuun eka päivä, Heli vastasi.

Hermostuneisuus asuntovelasta

Anu oli parhaan ystävänsä Artun luona kylässä ja käveli stressaantuneena ympäri kämppää.

Lopulta Arttu kysyi Anulta:

- Miten sä näytät koko ajan niin hermostuneelta?

- Sanon vaan sulle, että vituttaa vaan, että satun juuri nyt olemaan pitkäaikaistyötön ihan kuin isäni 90-luvulla ja lisäksi satun samalla olemaan asuntovelkanen, eikä rahaa tule nyt mistään, vastasi Anu.

Turhautuminen työttömyyteen

Annika ja Meeri viettivät aikaa Meerin huoneessa. Annika haahuili edes takaisin huonettaan ja lopulta Meeri kysyi:

- Miten sinä haahuilet edes takaisin koko ajan?

- Sen takia, kun ei ole mitään muutakaan tekemistä, vastasi Meeri.

- Vastahan sinä olet tehny ihan sikana töitä mökkisiivoojana ties kuinka kauan, sanoi Annika.

- Niin olenkin, mutta nyt olen ollu kuukauden työttömänä, kun työnantaja sattui sanomaan minut viime kuun alussa irti, eikä päivät sisällä erityisemmin mitään, totesi Meeri.

Uusia työttömiä

Titta istuu paikallisessa kahvilassa parhaan ystävänsä Petrin kanssa keskustelemassa raha asioista tuttuun tapaan.

- Mitäs tällä kertaa on mielessä? Petri kysyy.

- Sitä, että on se niin jännä, että rikkaissa on pysynyt vuosikymmenet Bill Gates, toista se taas on köyhissä, vastasi Titta.

- Miten niin? kysyi Petri.

- Siten, että entiset lähtevät eläkkeelle ja toisesta päästä tulee uusia pitkäaikaistyöttömiä työttömyyskortistoon, totesi Titta.

Ukkojen horinoita

Tarja vietti parhaan kaverinsa Aasan kanssa ruokatunnilla aikaa paikallisessa pikaruokaravintolassa ja totesi lopulta:

- On se niin jännä! Vanhojen ukkojen horinoita kuunnellessa tulee sellainen kuva, että töitä ei olisi koskaan ollut. Toista se oli asioidessa työvoimatoimistossa, sosiaalitoimessa ja keskustellessa opinto-ohjaajien kanssa, että aiempi sukupolvi olisi kieltäytynyt kaikesta.

Heikko työnsaanti

Oiva istui parhaimman kaverinsa Sepon kanssa työvoimatoimistossa ihan niin kuin viimeisen 20 vuoden aikana aiemminkin.

Lopulta Oiva totesi pitkän hiljaisuuden jälkeen:

- On se vaan niin kumma, että nykypäivänä metsätyöt tuntuvat ainoilta, mitä voi tehdä kouluttamattomana, ihan kuin ennenkin pienessä tuppukylässä.

- Kuinka niin? kysyi Seppo.

- No kun kävin kysymässä tuosta lähikaupasta töitä, pomo kysyi ensimmäisenä, onko minulla kaupanalan koulutusta ja siivouksen haussa kävi samallalailla, vastasi Oiva.

Kirjallisuuskurssilla

Hillevi tuli kirjallisuuskurssilta suoraan ystävänsä Mirvan luokse. Läsähdettyään sängylle, hän kysyi Mirvalta:

- Kumpi on tärkeämpi kirjallisuuskurssilta, se että muistan mitä siellä ollut vai se, että on panettanut sen verran, että sielläkin pitänyt olla tekokikkeli mukana?

- Ehdottomasti tekokikkeli, jos tarkoituksesi on taas saada keskustelunaihe uudelle seuralaiselle, vastasi Mirva.

Miehet ja naiset

Miesten naisihanteet

Sini ja Satu istuivat paikallisessa ravintolassa ja keskustelivat miesasioista.

- On ne niin vaativia parisuhteen suhteen nuo julkkikset, ettei tavallisella ole millään mahdollisuutta toteuttaa läheskään kaikkea. Pitäisi nimittäin olla 100 000 000 rahaa, miljoonakoti, lukion päättötodistus, merkonomitutkinto, kaupan alan työsuhde, twitness-malli, joka pukeutuu sporttisesti. Lisäksi ei saa olla lääkäreitä, sairaanhoitajia, poliiseja, ja pitäisi vielä olla pari kaveria, joita tavata säännöllisesti, sanoi Satu.

- No eipä kyllä tänä päivänä tavallisen miehenkään saanti ole helppoa, totesi Sini.

- Kuinka niin? kysyi Satu.

- No, pitäisi olla korkeakoulututkinto, sen verran hyväpalkkasessa työssä, että olisi mahdollisuus saada 250 000 € asuntolainaa ja samallla sporttinen, joka tykkää seksistä, vastasi Sini.

Juopottelua puistossa

40-vuotiaat Jukka ja Kari ovat istuneet useamman tunnin läheisessä puistossa ja katselleet ihmisten kulkemista puiston ohi. Samanaikaisesti he ovat juoneet useammat pullon kaljaa.

Kymmenennen pullon jälkeen Jukka tokaisee lopulta Karille:

- On se vaan niin kumma, että naiset ovat kaunistuneet pullo pullolta.

- Sanoppas muuta, tokaisee Kari siihen ja nousee penkiltä ja lähtee kävelemään läheiseen kauppaan hakemaan vielä muutaman pullon lisää.

Isotissiset naiset

Juho istuu parhaan ystävänsä Kalevin kanssa katsomassa pornoa. Lopulta Juho kysyi:

- Mistä naisesta tykkäät eniten?
- Ehdottomasti Samathan Foxista, vastasi Kalevi.
- Mistä moinen? kysyi Juho.
- Siitä, koska hänellä on aidot tissit, vastasi Kalevi.

Kassit turvassa

Leevi istuu ystävänsä Miron kanssa
paikallisessa kahvilassa kahvistelemassa.

- Osaatko arvata yhtään, miksi biologian mukaan
miehillä ylimääräinen kertyy vatsaan, eikä reisiin
ja takapuoleen niin kuin naisilla? kysyi Leevi.

- En kyllä, pakko myöntää, totesi Miro.

- Itse ainakin tulin eilisen baari-illan jälkeen
siihen tulokseen, että siksi, että syliin istuessa
kassit ovat turvassa, totesi Leevi.

Mammutti-aikaa

Lauri istui parhaan ystävänsä Toivon kanssa
puiston penkillä.

- Aatteleppa me ihmiset ollaan ehkä niitä
entisiä mammutteja, totesi Lauri.

- Millä perusteella? kysyi Toivo.

- Sillä, että nykyäänkin ihmiset ovat joko kasvis-
tai sekasyöjiä. Juostaan ja kävellään pitkin
poikin. Naisista puhumattakaan: Ulkonäkö
heillä nykyäänkin on 20 vuodessa muuttunut
paljon. Talven alla samanlainen turkki päällä.
Sekä samanlaisia sileitä karvoja löytyy
alapäästä kuin heidän aikaansakin, totesi Lauri.

Sperman ja kerman ero

Saku oli tullut viettämään kaverinsa Villen luo aikaa monen viikon tauon jälkeen. Pitkän hiljaisuuden ja miettimisen jälkeen Saku kysyi:

- Mitä eroa on spermalla ja kuohukermalla?

- Ei hajuakaan, no? kysyi Ville.

- Sperma tulee pienemmästä reijästä ja on nestemäisempää kuin kerma, totesi Saku.

- Mistä moinen tuli mieleen? kysyi Ville.

- Siitä, että satuin viime viikolla käymään ostamassa synttärikakkuuni kyseistä ja illan päätteeksi tuli vielä runkattuakin, vastasi Saku.

Miehen sukukalleus

- Miksi miespuolisella henkilöllä löytyy karvoja kikkelin yläpuolelta? kysyi Arttu istuessaan kahvistelemassa läheisessä kahvilassa Jarnon kanssa.

- Ei hajuakaan? kysyi Jarno.

- Siksi, koska ihminen on kehittynyt apinasta ja heidän aikaankin on harrastettu seksiä samaa sukupuolta olevien kanssa. Puhumattakaan siitä, että naispuolisen henkilön ei tarvi erota saadakseen tyydyttää tarpeensa pimpin saannin suhteen biseksuaalina, vastasi Arttu.

Metsään jätöksille

Ari saapuu parhaan ystävänsä Kimin luokse
kylään. Päästyään sisälle, laitettuaan tavarat
naulaan ja tultuaan pöydän ääreen Ari toteaa:

- Kyllä vitutti, kun matkalla tuli niin kova
paskahätä, että oli mentävä metsään paskalle
ja piti riisua kaikki vaatteet poissa.

- Mistä moinen? kysyi Kimi.

- Siitä, että sattui juuri silloin satamaan ja
lämpötila ulkona oli "vaivaiset" 15 astetta,
vastasi Ari.

Raha

Huonoa tuuria

Johanne istui parhaan kaverinsa kanssa paikallisessa kahvilassa juomassa kaakaota sekä syömässä leivonnaisia. Syötyään leivokset ja juotuaan kaakaot Ella ottaa repusta arvan, jonka on ostanut läheisestä R-kioskista.

Johanna raaputtaa lopulta arvan ja tokaisee:

- On se niin kumma, että vaikka tämän mukaan joka toinen arpa voittaa, niin itse en ole voittanut kertaakaan näistä viimeisen kahden vuoden aikana!

Asunnon osto

Jouko seisoi parhaimman kaverinsa Riston kanssa asuntovälityksen ikkunan äärellä katsomassa myytäviä asuntoja.

- On se vaan niin kumma, että nykyään ei saa asuntolainaa vaikka kulut olisivat vähemmän kuin vuokra-asunnossa.

- Sanoppa muuta, vastasi Risto ja lähti ostamaan vieressä olevaan lähikauppaan kaljaa.

Maataloustuki

Veikko istui tupakalla naapurin kanssa kuistin penkillä.

- On se maataloustyö niin toista muihin töihin nähden, hän totesi.

- Kuinka niin? Timo kysyi.

- No, ensin on oltu omavaraisia. Seuraavaksi on tullut Suomen tukema ja lisääntynyt työ. Nykyään taas maataloustyö on EU:n rahoittama ja töitä tuplasti enemmän ja palkka saman verran. Toisilla taas on työt helpottunut ja palkka tuplaantunut, vastasi Veikko.

Pankissa asioidessa

Tapani on tullut viettämään ystävänsä Paavon luokse aikaa. Istuuduttuaan pöydän ääreen Tapani totesi:

- Kyllä tuntuu hullulta, kun istuin tänään keskustelemassa rahastoista pankissa pankinvirkailijan kanssa.

- Kuinka niin? Paavo kysyi.

- No, yleensä ottaen saat pienellä sijoituksella vain muutaman euron lisää vuoden sijoitusajalla. Eläkerahastolla taas saat 30€ kuukausisijoittamisella 3000 € vuodessa verohelpotuksia, mutta mistä sinä niitä töitä saat sitä vertaa? kysyi Tapani.

Kehitysmaa-avustus

Pekka istuu kahvistelemassa paikallisessa Shellissä ystävänsä Erkin kanssa.

Lopulta hetken tuumailun jälkeen Pekka toteaa:

- Kyllä vaan vitutti taas lukea Afrikan avustuksesta.

- Kuinka se niin? kysyi Erkki.

- Ärsyttää vain, koska heillä on muka vieläkin rahapula, vaikka sinne maahan on syydetty rahaa jo lähes 50 vuotta, vastasi Pekka.

Vanhan omakotitalon loukossa

Juho seisoi Ossin kanssa asuntovälityksen ikkunan ääressä.

- Ajattele tänä päivänä on mahdollisuus ostaa myyntihintainen kerrostalo - tai onhan tuo ollut vuosikymmenet jo oikeastaan, mutta nykyään sen markkinointi on yleisempää.

- Varmaan sen ostaisi puoli miljoonaa ihmistä ainakin, mutta kellä niihin on varaa? Ei kenelläkään. Ei edes vanhuksilla, jotka ovat vanhan omakotitalon omistajia, kun kukaan ei ole kiinnostunut ostamaan nykyään niitten vanhoja asuntoja, vastasi Juho.

- Miten niin? kysyi Ossi.

- Siten, että esimerkiksi nykynuoret eivät osaa remontoida niitä lomaosakkeiksi ja töitä ei ole, millä rahalla voisi edes ostaa, vastasi Juho.

Hilttonien hotellit

Ilkka ja Tapio istuvat katsomassa Hiltonien hotelleja vuosien jälkeen.

Lopulta Ilkka totesi:

- On se niin jännä, että Hilttonien hotelleja katsoessa Suomi näyttää köyhimmältä teollisuusmaalta. Oikeasti loppujen lopuksi en ole niihin keksinyt todellisuudessa mitään muuta selitystä kuitenkaan, kun kaavoituksen.

- Millä perusteella? kysyi Tapio.

- Sillä, että Suomi on yksi harvoista maista, jossa opiskelu on ilmaista ja siitä maksetaan. Työttömyysturvaa saa niin kauan, kun saa töitä. On mahdollisuus saada äitiyspakkaus ja olla tukien varassa äitiyslomalla jopa 3 vuotta. On mahdollisuus viedä lapsi työttömänä ilmaiseksi osa-aikaiseen tarhahoitoon. Lääkkeissä omavastuu on ensin 52 €, sen jälkeen 3 € per kerta. Lisäksi terveyspalvelut maksaa vain 25 € vuodessa, vastasi Ilkka.

Asuntovelka

Saara istuu parhaan ystävänsä Tuijan kanssa puistossa pitkästä aikaa.

- Eilen tuli mietittyä paikallista lehteä lukiessa, että jos minulta kysyttäisiin, kuka on maailman rikkain, niin vastaisin Parac Obama.

- Mistä moinen? kysyi Tuija.

- Siitä, että ei minua ainakaan kiinnosta olla kiinnostavan oloinen ja olla samaan aikaan 250 000 € asuntovelkaa, vastasi Saara.

Ruoka

Makkara hyllyllä

Riina seisoo makkarahyllyllä parhaan kaverinsa Nooran kanssa.

Pitkän hiljaisuuden jälkeen Riina kysyy lopulta Nooralta:

- Miten näytät niin mietteliäältä?

- Näin pitkän linjan kasvissyöjänä kikkeli on mielessä joka välissä ja siksi tulee jatkuvasti mietittyä, kumpaa sitä kaipaa enemmän, liharuokia vai pelkästään lenkkimakkaraa, vastasi Noora.

Valmisruokaa

Unto seisoo parhaan ystävänsä Markun kanssa pakastehyllyllä ja toteaa lopulta:

- On se niin jännä! Kun katsoo valmisruokia, joita nykyään on hyllytolkulla, että osa niistä on halvempia kuin itse tekisi alusta lähtien, ja osa samanhintaisia.

- Sanoppas muuta, toteaa Markku ja ottaa hyllystä pari kirjolohikiusausta.

Maatalousyrittäjyyden karu totuus

Seppo on tullut ruokaostoksille läheiseen ruokakauppaan. Saatuaan ostokset tehtyä hän lähtee tiskille maksamaan ostoksia.
Tiskille päästyä Seppo toteaa myyjälle:

- On se niin jännä, että ruoka kallistuu vuosi vuodelta, mutta oma palkkapussi tuntuu vuosikaudet samalta.

Lempiateria

Oskari on tullut syömään parhaan ystävän Matiaksen kanssa Hesburgeriin. Jonottaessaan aikansa Oskari toteaa Matiakselle:

- On se niin jännä, että nyt liki 10 vuoden jälkeenkään on vasta tullut näytille minikana-ateria, entä että sen voi tilata vain jos on tietoinen kyseisestä.

- Sanoppas muuta, toteaa Matias ja tekee tilauksen.

Koulun ruoka

Jari on lenkillä parhaan ystävänsä Tepon
kanssa. Koulupihan kohdalla Teppo totesi:

- Olisihan se säästöä, jos työttömät voisivat
käydä pientä korvausta vastaan syömässä
ylijääneitä ruokia, eikä niitä heitettäisi
kilotolkulla hukkaan joka päivä.

- Sanoppa muuta. Tästä jopa löytyisi saman
tien yksi vapaaehtoinen, toteaa Jari.

Arkista ravintolailtaa

Kaarlo ja Kauko seisovat läheisen ravintolan ikkunan edessä.

- On se niin jännä, että muutama vuosikymmen sitten ihmiset kävivät ravintolassa vain juhlistamassa jotain. Nykyään se on niin arkista, että jokaisesta paikasta löytyy jonkinlainen lounaspuffetti, Kaarlo totesi.

- Sanoppas muuta, vastasi Kauko ja katsoi toisella puolella olevalla kadulla olevia ihmisiä.

Ruokahalun lisääntyminen

Sanni istuu ystävänsä Nea kanssa ravintolassa jädellä, lopulta hän toteaa:

- Sinulle se on tuntunut viimeisen kahden kuukauden aikana ruoka maistuvan enempi kuin koskaan ennen, mistä moinen?

- Joo, no voin sanoa ihan samaa itsekkin ja satuin siksi käymään viime viikolla raskaustesteissä. Sattui tulemaan vastaukseksi, että satun olemaan raskaana, vastasi Sanni.

Kasvisruoan yleistyminen

Markus seisoo kasvisruokahyllyllä
ja toteaa parhaalle kaverilleen
Rasmukselle:

- Viime vuosien aikana kauppaan
on tullut lisää myyntiin kasvisruokaa,
eikä kaukana enää todellisuudestakaan,
että ihmiset on pelkkiä kasvissyöjiä.

- Millä perusteella? kysyi Rasmus.

- Sillä, että nykyään eläimissä on jo
liuta eri sairauksissa ja kaloissa
elohopeaa, mikä ei hyväksi
ihmisen elimistölle, totesi Markus.

Kokin työ

Antti on tullut viettämään ravintolaan aikaa parhaan ystävänsä Jimin kanssa. Istuttuaan aikansa Antti totesi:

- On se kokin työ niin toista nykyään, kun oman työuran aikana!

- Millä perusteella? kysyi Jimi.

- Sillä, että ennen piti muistaa reseptit ulkoa ja nykyään työpaikalla saa ruokaohjeet katsoa ipadi:ltä, totesi Antti.

Hyönteisiä lautasella

Heikki istui ystävänsä Tonin kanssa ravintolassa.

- Luin tänään nettisivustolta, että maailmanlaajuisesti jo kaksi miljardia ihmistä syö hyönteisiä. Toista se on meillä. Meillä ei löydy vieläkään toukkia eikä sirkkoja. Ja siihen on jopa oma syynsä, Toni totesi.

- No mikä se sitten oli? kysyi Heikki.

- No niin yksinkertainen perustelu, että hyönteiset ällöttävät, pelottavat ja puistattavat, koska ne eivät ole koskaan kuuluneet ruokakulttuuriimme tai historiaamme, vastasi Toni.

Muut

Ruskea iho

Tania on mennyt kylään parhaan ystävänsä
Tiian luo tehtyään kotonaan rusketushoidon.
Ovelle päästyään hän toteaa:

- Tänään, kun laitoin ruskettavaa voidetta, sain
vastauksen siihen, miksi osa ihmisistä on
vaaleanruskeita.

- Mistä moinen sitten johtuu? kysyy Tiia.

- Siitä, että nuoruusajan viillot näkyy paremmin
kädessä, esimerkiksi asioidessa
mielenterveysyksikössä, vastasi Tania.

Kustantaja: BoD – Books on Demand, Helsinki, Suomi
Valmistaja: BoD – Books on Demand, Norderstedt, Saksa
ISBN: 978-952-80-4900-5